新经典文化股份有限公司
www.readinglife.com
出　品

蓉蓉和气球●酒井驹子

♦♦♦♦♦

[日] 酒井驹子 著

赵峭 译

今天在街上，

蓉蓉得到了一只气球。

为了不让气球飞走，

绳子系在了蓉蓉的指头上。

这样，气球就

乖乖地跟着蓉蓉回了家。

102

终于可以放心了，

妈妈解开气球的绳子。

一起来玩吧。

嘭，嘭，嘭！

哎呀，哎呀呀！

够不着了。

“妈妈，
妈妈！”

“没事没事，给！”

太好喽，嘭，嘭！

哎呀，哎呀呀！

“这样可不行啊。”

看来又得把蓉蓉的气球系上了。

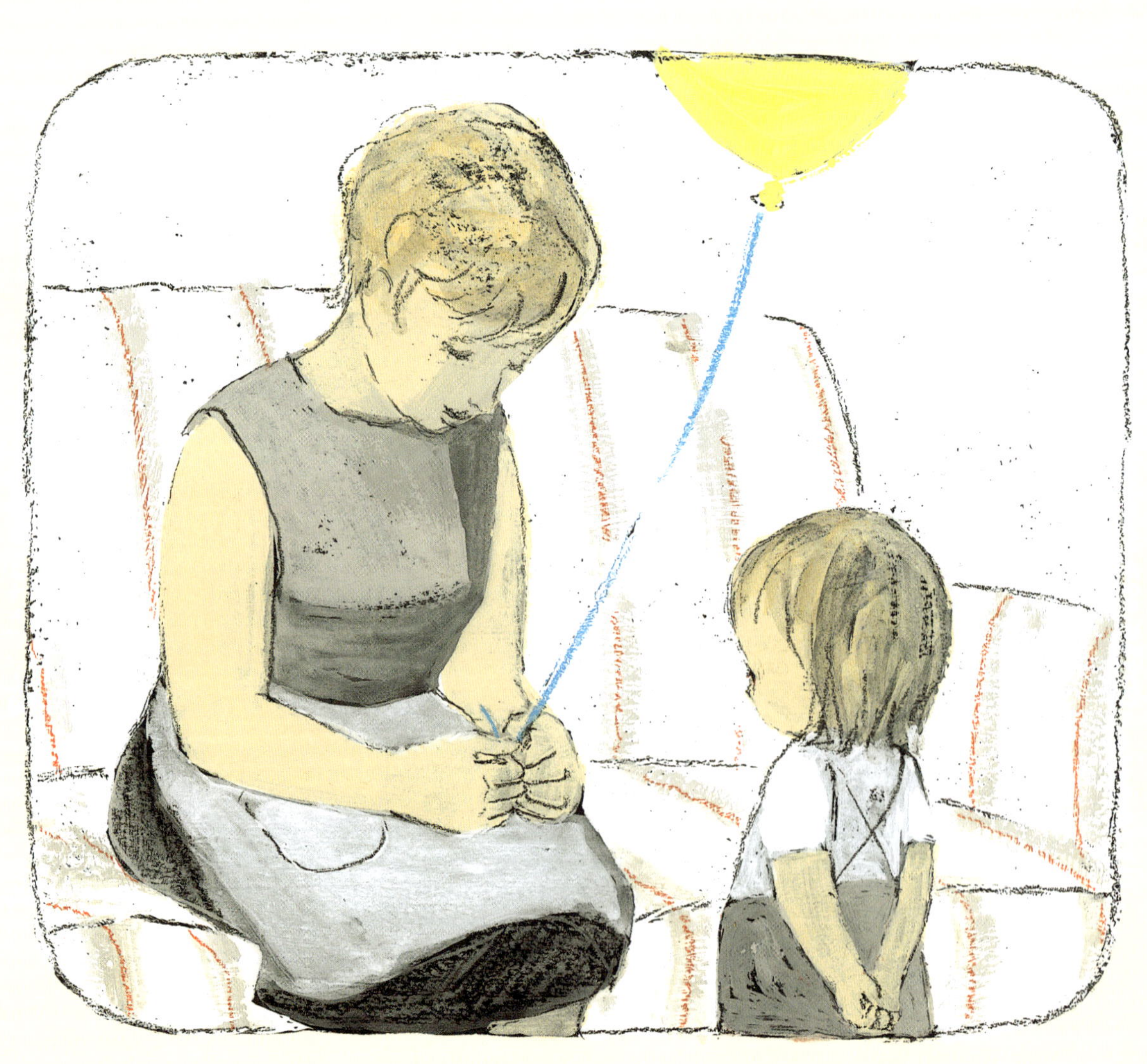

“不过，妈妈想到一个好办法。”

“看！不错吧？蓉蓉。”

快看，快看！这下子，
气球虽然飘着，但是飞不走；
虽然飞不走，但是飘着。

太棒了！这样就可以一起去玩了。

蓉蓉和气球一起来到院子里。

“气球，你看，漂亮吧？”

蓉蓉给气球做了

一个漂亮的花环。

自己也戴了一个小花环，

她和气球一起玩过家家。

“开饭喽，快来吃饭吧！”“好啊，谢谢！真好吃！”

可是，突然——

呼——！刮来了一阵风。

气球！

蓉蓉的气球……

啊——这可怎么办?!

妈妈想了各种办法去够气球，
可是直到天黑也没有够下来。
“蓉蓉，没办法，算了吧。”

蓉蓉一心想着气球，

晚饭一点儿也不想吃。

“本来，我和气球约好了

一起吃晚饭的。

还约好了一起刷牙，一起穿上睡衣。

一起钻进被窝睡觉。”

“知道啦，知道啦。
明天天一亮，妈妈就去借个梯子，
一定帮蓉蓉把气球取下来。”

“妈妈，是真的吗？”

“嗯，那当然了，蓉蓉。”

“真的吗？真的吗？”

“嗯，妈妈保证！”

蓉蓉终于不再掉眼泪，
抽泣渐渐平息下来，
泪痕也干了……

然后，她呆呆地想：

（啊，气球，

蓉蓉的气球——）

（真像圆圆的月亮啊……）

图书在版编目（CIP）数据

蓉蓉和气球 /（日）酒井驹子著；赵峭译．-- 北京：北京联合出版公司，2019.4
ISBN 978-7-5596-2494-9

Ⅰ．①蓉… Ⅱ．①酒… ②赵… Ⅲ．①儿童故事－图画故事－日本－现代 Ⅳ．①I313.85

中国版本图书馆 CIP 数据核字（2018）第 211093 号

著作权合同登记 图字：01-2018-2034 号

Rompa-chan to Fuusen
Written and Illustrated by Komako SAKAI

First published in Japan in 2003 by HAKUSENSHA, INC., Tokyo
Simplified Chinese language translation rights arranged with HAKUSENSHA, INC., Tokyo
through Japan Foreign-Rights Centre and Bardon-Chinese Media Agency

蓉蓉和气球
作　　者：[日]酒井驹子 著
　　　　　赵峭 译
责任编辑：熊　娟
特邀编辑：梁　燕
封面设计：邢　月
版式设计：杨兴艳

北京联合出版公司出版
（北京市西城区德外大街 83 号楼 9 层　100088）
新经典发行有限公司发行
电话（010）68423599　邮箱 editor@readinglife.com
北京利丰雅高长城印刷有限公司印刷　新华书店经销
字数 3 千字　787 毫米 ×1092 毫米　1/16　2.75 印张
2019 年 4 月第 1 版　2019 年 4 月第 1 次印刷
ISBN 978-7-5596-2494-9
定价：39.80 元